글 | 로타 소니넨 Lotta Sonninen
핀란드의 작가이자 편집자, 번역자.
긍정에 대한 책을 작업하던 중 『오늘의 짜증은 오늘 풀
어요』의 아이디어를 떠올렸다. 이 책은 전 세계 32개국
에 번역 출간될 예정이다.

그림 | 강한
너와 내가 좋아하는 그림을 그리는 작가.
『들어줄게요, 당신이 괜찮아질 때까지』, 『여자는 왜 완
벽하려고 애쓸까』, 『2020 박막례 일력』 등에 그림을 그
렸고, 『더 포스터 북 by 강한』을 냈다.

ALL A 박은영

OH MY GOD!

최악의 하루를 보낸
당신을 위한 분노 기록장

오늘의 짜증은
오늘 풀어요

로타 소니넨 지음 | 강 한 그림 | 이지혜 옮김

생각의날개

contents

오늘도 최악의 하루를 보낸 당신에게

긍정적으로 살라는 말에 질리지 않았나요?

참는 자에게 복이 올 거야, 긍정적인 태도가 인생을 바꿔, 그러니까 힘을 내…… 이런 말이 이제는 듣기 싫은가요? 부정적이고 제멋대로 살고 싶은 어른을 위한 책이 있습니다. 이 책은 이야기합니다. '더 이상 참지 말고 짜증내고 화풀이하라! 그렇게 하면 행복이 찾아올 지니…… 적들의 이름을 적어라. 그리고 분노를 터뜨려라!'라고 말이죠!

어른들에게도 가끔은 어린 아이처럼 솔직하게 감정을 풀고 싶은 순간이 있습니다. 긍정이라는 트렌드에 시원하게 코웃음을 날려주고, 원한, 짜증, 분노 같은 내면의 부정적인 감정을 안전하게 해소할 수 있는 방법이 절실할 때가 있죠.

비난 게임(당신의 인생에서 무엇이 잘못되었고, 그것은 누구의 잘못인가)부터 미루지 않고 솔직하게 말하는 연습, 용서하고 싶지 않다면 한껏 터뜨리고 화를 내는 기회를 이 책에서 소소한 다이어리처럼, 유쾌한 게임처럼 풀어보세요.

이제, 참지 말고 짜증낼 시간입니다!

배우자 혹은 연인의 문제부터 심도 깊게 파악해보자.

✕

✕

✕

✕

✕

직장 동료가 원수처럼 보이는 이유는 뭔가?

✕

✕

✕

✕

✕

상사를 좋아하기보다 싫어하는 게 더 쉬운 이유는?

✕ --

✕ --

✕ --

✕ --

✕ --

한때 친구라고 생각했던 인간들의 문제는 무엇인가?

✕ --

✕ --

✕ --

✕ --

✕ --

NOOOOOO!

예전 상사,동료,직원 가운데 지금도 생각하면
화가 치밀어오르는 인간이 있는가? 그 이유는?

누구?	지금도 생각하면 화가 나는 이유

아직도 이가 갈리게 싫은 과거의 연인이 있는가? 그 이유는?

직장에서 짜증나는 인간을 알아보는 당신만의 노하우는 무엇인가?

마트 계산대 앞에서 짜증나는 순간은?

_____

_____

_____

맛집에서 화가 날 때가 있다면 언제?

_____

_____

데이트 상대가 정말 짜증나는 순간은?

_____

_____

출퇴근길 중에 짜증나는 순간은?

_____

_____

_____

힐링 여행에서 날 더 피곤하게 만드는 것은?

_____

_____

_____

SNS에서 스트레스 받는 순간이 있다면?

_____

_____

_____

직장에서 만났던 진상

출퇴근길에 마주친 진상

최악의 데이트 상대

술 한잔하다 마주친 진상

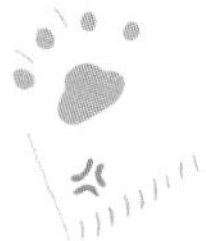

취미생활 중에 만났던 불편한 인간

SNS에서 경험한 예상밖의 빌런

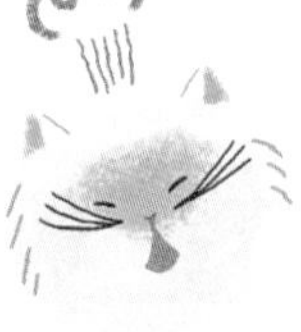

내일이라도 당장 인연을 끊고 싶은 사람이 있나요?

뭐든 너무 쉽게 생각하는 사람

지나치게 이기적인 사람

최선이 뭔지 모르는 사람

기본 예의가 없는 사람

입을 여는 것보다 닫는 게 나은 사람

두 말 할 필요 없이 가장 *짜증나는 진상 유형*은…

당신 상사의 짜증나는 버릇

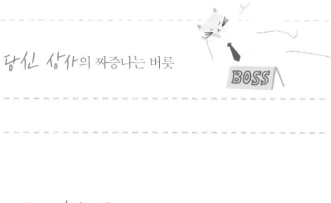

배우자 혹은 연인이라 해도 받아주기 힘든 습관

선생님에 대한 존경심이 사라지게 만드는 점

아무리 친구라고 해도 참아주기 힘든 못난 버릇

우리 **할머니**지만 이해하기 힘든 순간

이웃사람의 짜증나는 행동

TV가 짜증나는 순간

우리나라 **정치**의 짜증나는 점

짜증나는 인간
알아보기

02

단단히 **꼬여버린** 것만 같은 내 **인생,**
대체 뭐가 문제일까?

문제

그건 누구의 잘못인가?

문제

자꾸 자책만 하고 있는 건 아닌가?

당신보다 재능도 노력도 부족한데
더 성공한 사람들이 있다면?

하나하나 떠올려보자. 화를 내도 괜찮다.

당신이 질투하는 그들도 알고 보면 완벽하지 않다!

누구? | 그들의 허점을 목격한 적 있는가?

언제? 어디서? | 어떤 행동을 목격했는가?

누구?

허점을 본 순간 어떤 생각이 떠올랐는가?

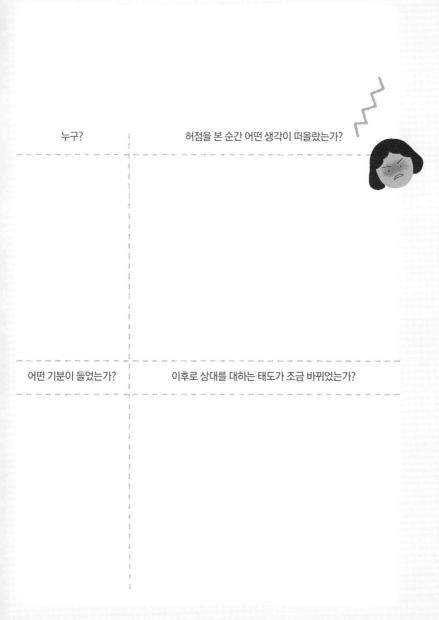

어떤 기분이 들었는가?

이후로 상대를 대하는 태도가 조금 바뀌었는가?

당신이 질투하는 그들도 알고 보면 완벽하지 않다!

누구? | 그들의 허점을 목격한 적 있는가?

언제? 어디서? | 어떤 행동을 목격했는가?

누구?

허점을 본 순간 어떤 생각이 떠올랐는가?

어떤 기분이 들었는가?

이후로 상대를 대하는 태도가 조금 바뀌었는가?

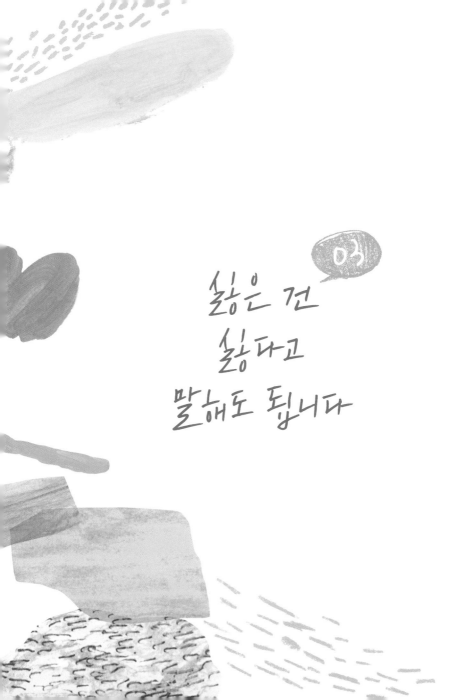

소리내어 "싫어!"라고 말하고 싶은 순간들

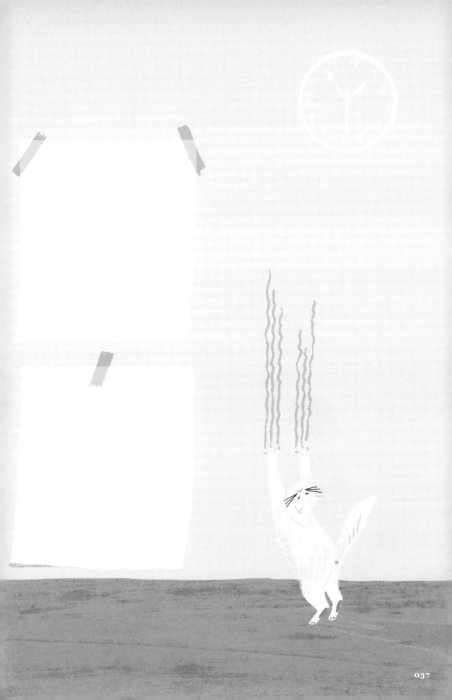

지금 이 순간, 시원하게
욕 한마디 날려주고 싶은 사람이 있다면?

딱 네 명만 떠올려 그들에게 하고 싶은 말을 써보자.

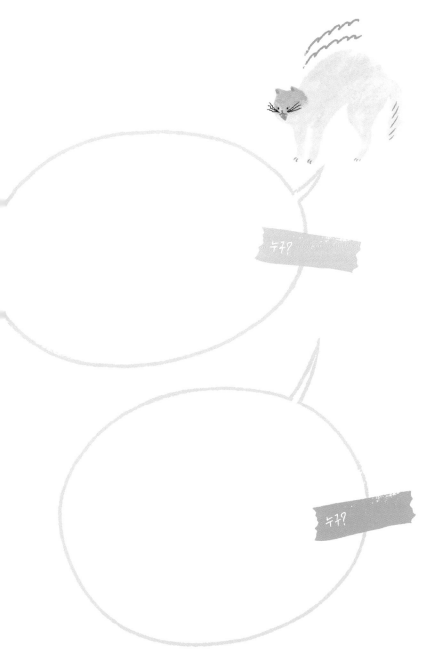

층간소음, 담배 냄새… 짜증나지만 꾹 참았던 순간,
이웃에게 하고 싶은 말을 적어보자.

학창시절 정말 싫어했고,
지금도 *싫은 선생님에게 편지*를 써보자.

당신에게 무례했던
가게 직원, 웨이터에게 하고 싶은 한마디

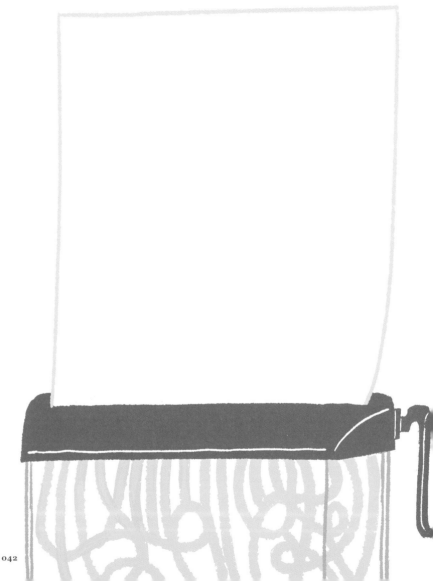

HATE!

내 뒤통수를 치고 떠난 애인에게

04

분노를 어디로 보내야 할까요?

배우자 혹은 연인에게 화가 났던 기억들

부모님과 겪었던 최악의 갈등

직장 동료와 싸움 직전까지 갈 뻔했던 상황

여행 중 마주친 사람과 겪은 최악의 경험

SNS에서 분노를 참기 어려웠던 순간

만약 _____ 하지 않는다면
내 인생은 훨씬 수월해질 것이다.

만약 _____ 하지 않는다면
이 세상은 훨씬 살기 좋은 곳이 될 것이다.

그 사람은 _____ 할 수 없기에
여전히 그런 식이다.

그 사람이 자신의 _____ 에 대해
이야기를 꺼낼 때마다 나는 지루해 죽을 것만 같다.

빈칸 채우기 연습

다음에 또 _____ 가 _____ 를 시작하면
과감히 인연을 끊어버릴 생각이다.

내가 그때 왜 _____ 와 _____ 를 했는지
도저히 이해할 수 없다.

_____ 가 세상에 있는 이유를
도무지 모르겠다.

_____ 는 왜 남들에게 _____ 하라고
강요하는 걸까?

마음속 분노를 어딘가로 보내기 위한

나는 왜 ＿＿＿＿＿＿＿ 가 ＿＿＿＿＿＿＿＿＿＿＿ 를
할 때마다 화가 나는 걸까?

＿＿＿＿＿＿＿ 는 왜 ＿＿＿＿＿＿＿＿ 하는 상황에서
나를 무시하는 태도를 보이는 걸까?

＿＿＿＿＿＿＿ 는 왜 ＿＿＿＿＿＿＿＿＿＿＿ 를
해야만 하는 걸까?

21세기에 여전히 ＿＿＿＿＿＿＿＿＿＿＿＿ 를
해야 한다는 게 믿을 수 없어!

빈칸 채우기 연습

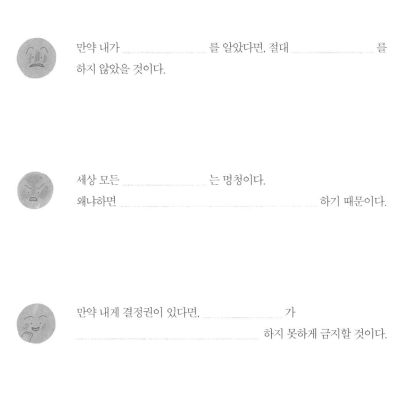

만약 내가 _____ 를 알았다면, 절대 _____ 를
하지 않았을 것이다.

세상 모든 _____ 는 멍청이다.
왜냐하면 _____ 하기 때문이다.

만약 내게 결정권이 있다면, _____ 가
_____ 하지 못하게 금지할 것이다.

만약 내게 결정권이 있다면, _____ 가
지구상에서 완전히 사라져버리게 만들 것이다.

앙

오늘도
최악의 하루를 보낸
당신에게

분노 일기장

이번 주 당신을 화나게 만든 사건들을 기록해보자.

월요일

화요일

수요일

목요일

금요일

토요일

일요일

분노 일기장

이번 주 당신을 화나게 만든 사건들을 기록해보자.

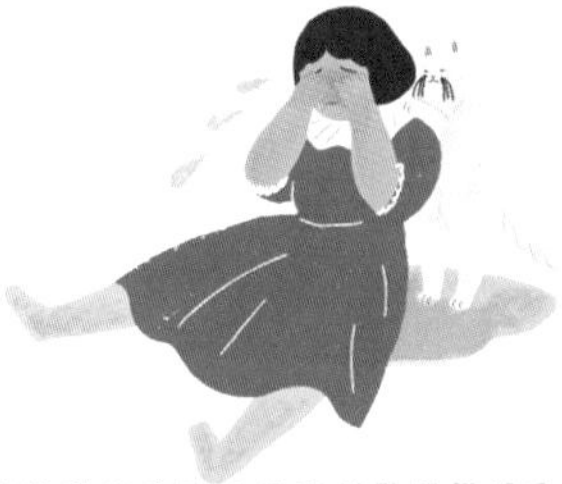

월요일

화요일

수요일

목요일

금요일

토요일

일요일

내 인생 최악의 휴가

지옥 같았던 크리스마스 휴일

장소

일행

날짜

사건

싸움이 되어버린 친구와의 약속

장소

일행

날짜

사건

술에 취해 저지른 실수

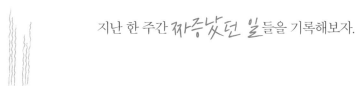

지난 한 주간 짜증났던 일들을 기록해보자.

나를 짜증나게 만든 일

MONDAY	
TUESDAY	
WEDNESDAY	

THURSDAY

FRIDAY

SATURDAY

SUNDAY

지난 한 주간 *짜증났던 일*들을 기록해보자.

하루를 엉망으로
만들어버린 일

MONDAY

TUESDAY

WEDNESDAY

THURSDAY

FRIDAY

SATURDAY

SUNDAY

♥ Q ◁

19.201 Like

ℓℓℓℓℓℓℓℓ

온라인 스트레스 유발자들이여, 안녕

분노 유발 타임라인

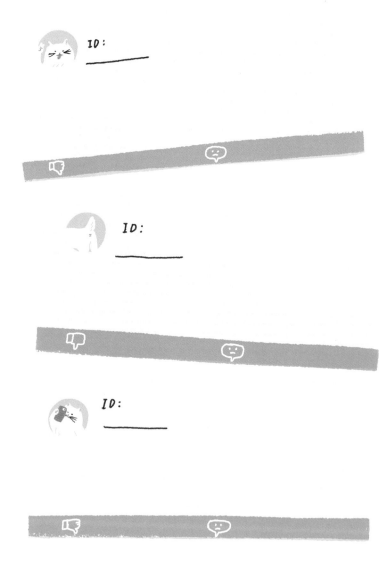

ID: _____

ID: _____

ID: _____

안물안궁 블로그

안 본 눈 사고 싶게 만드는 인스타그램

ㅋㅋㅋㅋ

헛소리 트위터

한 방 날려주고 싶은 이모티콘

설상가상 컴퓨터 오류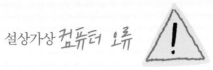

 어디 하나 쓸모없는 온라인 고객센터 서비스

지금 나의 분노를 표현하는
이모티콘을 디자인해본다면?

대차게 날려주고 싶지만
절대 할 수 없는 말이 있다면

여기에 써보자. 실수라도 '송신' 버튼을 누를 염려는 없다.

✕ ◁

받는 사람 ▾

참조 :

제목 : 📎

✕

➤

받는 사람 ⊙

참조 :

제목 :   📎

X

받는 사람 ⌄

참조 :

제목 :

✕   ◁

받는 사람 ⌄

참조 :

제목 :   🖉

후회는 나의 힘

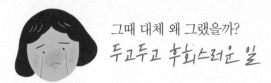

그때 대체 왜 그랬을까?
두고두고 후회스러운 일

다시 생각해도 화가 나!
결단코, 절대로 용서할 수 없는 사람

생각할 때마다 이불킥하고 싶어지는
쏨쏠하고 핀망한 기억

내 잘못이라고 생각했지만
사실 다른 이유가 있었던 일들

왜 자책부터 했을까?

핑계처럼 보여도 사실 이런 이유가…

왜 자책부터 했을까?

핑계처럼 보여도 사실 이런 이유가…

악몽 같았던 휴가 경험.

길 가다 마주쳐도 모른 척하고 싶은 인연

아직도 돈이 아까운 쇼핑 실패 사례

두고두고 후회했던 헤어스타일

_____

_____

_____

패션 테러리스트가 된 순간

_____

_____

_____

해장이 아까울 만큼 부끄러운 술버릇

_____

_____

_____

내가 요리하고도 먹지 못했던 음식

_____

_____

_____

기억에서 지우고 싶은 사춘기 시절 에피소드

가장 싫어했던 학교 급식

비위를 상하게 만든 사람

최악의 의사 선생님

치과 공포증이 생기게 된 에피소드

지구 끝까지 가서라도 삭제하고 싶은 온라인 흔적

차라리 혼자가 되기를 선택하게 만든 데이트 상대

재료만 낭비한 DIY 도전 에피소드

직장에서 당신을 화나게 만든 것은?

식사시간을 불쾌하게 만드는 것은?

가볍게 떠난 여행을 망치는 것은?

버스 안에서 당신이 싫어하는 것은?

좋아하는 맛집에서의 시간을 망치는 것은?

영화 볼 때 집중을 방해하는 것이 있다면?

마트나 시장을 갈 때 당신을 짜증나게 만드는 것은?

병원에 가기 싫은 다면 이유가 무엇인가?

무엇이 당신의 밤을 망치는가?

TV 프로그램에서 짜증나는 것이 있는가?

무엇이 당신이 책 읽는 시간을 방해하는가?

아득한 별장에서 보내는 휴일을 방해하는 것이 있다면?

휴일에 절대 마주치고 싶지 않은 방해물은?

무엇이 친구들과의 술자리를 망치는가?

매일 운동하는 습관을 방해하는 것은?

도시에서 살며 가장 짜증나는 점은 무엇인가?

시골에서 살며 가장 짜증나는 점은?

정부에 대한 가장 큰 불만은 무엇인가?

뉴스나 신문 기사를 보면서 불만이 있다면?

TV라는 매체에 대한 불만이 있는가?

사회의 어떤 문제들이 당신을 화나게 하는가?

밤의 어떤 문제들이 당신을 화나게 만드는가?

노인즈존 때문에 화가 난 적이 있는가?

세대를 구분 짓는 말들 때문에 도리어 불쾌한 적 없는가?

'~답게' 행동하라는 말에 불쾌한 적 있다면?

꼰대들의 어떤 점이 가장 불편한가?

당신 자신의 어떤 점이 가장 짜증나는가?

이 책의 어떤 점이 가장 짜증나는가?

내가 가장 싫어하는 음식은…

~~~~~~

내가 가장 싫어하는 요즘 유행은…

~~~~~~

절대 추천하고 싶지 않은 관광지는…

~~~~~~

가장 한심하다고 생각하는 오락거리는…

~~~~~~

가장 싫어하는 음악은…

~~~~~~

가장 싫어하는 집안일은…

~~~~~~

세상 가장 바보 같은 운동은…

가장 우스꽝스러운 패션 스타일은…

너무나 의미없다고 생각하는 사회 지위는…

여기에 의미없고 바보같은 무언가를 그려보자.

대체 왜 만들었는지 이해 못하는 발명품은…

~~~~~~

휴식시간을 의미없게 만드는 행동은…

~~~~~~

세상 가장 무의미한 직업은…

~~~~~~

지금껏 들어본 중 가장 한심하다고 생각하는 말은…

~~~~~~

대화할 가치가 없다고 생각하는 주제는…

~~~~~~

엄청난 돈 낭비라고 생각하는 것은…

~~~~~~

너무나 우스꽝스럽다고 생각하는 것은…

너무나 우스꽝스럽다고 생각하는 것은…

세상 유치하다고 생각하는 일은…

상대에게 매우 무례하다고 생각하는 행동은…

도리가 아니라고 생각하는 일은…

도저히 용서하기 어렵다고 생각하는 일은…

지나치게 과대평가되었다고 생각하는 일은…

당신을 *괴롭*했거나 지금*괴롭*히고 있으며,

혹은 미래에 *괴롭*힐 것으로 예상되는 *고통스러운 일*들을

하나도 빠짐없이 글로 옮겨보자.

✖ _____

✖ _____

✖ _____

✖ _____

✖ _____

✖ _____

✖ _____

✖ _____

✖ _____

✖ _____

분노 언어 사전

짜증난다, 신경질난다, 분통이 터진다, 등등,
화가 나는 순간을 표현하는 모든 단어를 나열해보자.

멍청이, 머저리, 바보, 등등,
당신을 화나게 만드는 사람들을 가리키는 단어를
모두 나열해보자.

고구마라도 먹은 듯 가슴이 답답해지는 순간,
속 시원하게 풀어줄 말 한마디가 있는가?
욕이든 뭐든 상관없다.
마음대로 갈겨 써보자.

예시

꺼져버려.

이거나 먹어라.

다른 나라의 욕을 알고 있는가? 외국어로 욕을 써보자.

＊＊＊＊＊＊＊

＊＊＊＊＊＊＊

＊＊＊＊＊＊＊

＊＊＊＊＊＊＊

＊＊＊＊＊＊＊

＊＊＊＊＊＊＊

＊＊＊＊＊＊＊

＊＊＊＊＊＊＊

＊＊＊＊＊＊＊

＊＊＊＊＊＊＊

＊＊＊＊＊＊＊

우리말로 된 욕을 아는 대로 모두 써보자.

당신이 정말 싫어하는 유행어는?

허세 부리는 것처럼 느껴지는 말은?

듣는 순간 꼭지가 돌게 만드는 무례한 말이 있는가?

촌스러운 노래 가사

허세 또는 가식처럼 들리는 말

괜히 두 손이 오글거리는 신조어

고리타분한 꼰대의 조언

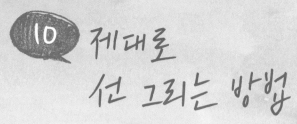

10 제대로
선 그리는 방법

내 감정을 표현하는 인형 부적을 그려보자.

아래 부적 인형 어딘가에 마음대로 그림을 그려도 좋다.

 절대 입고 싶지 않은 옷을
그리고 색칠해보자.

보기만 해도 토 나올 것 같은 음식을
그리고 색칠해보자.

125

당신이 싫어하는 대상에게
직설을 날리는 표지판을 그려보자.

지금 내 기분을 패턴으로 표현해,
마치 벽지처럼 그려보자.

나는 싫어한다,

- ☑ 대중교통
- ☐ 운전기사
- ☐ 보행자
- ☐ 자전거 운행자
- ☐ _____
- ☐ _____

이유
_____
_____
_____
_____

나는 싫어한다,

- ☑ 봄
- ☐ 여름
- ☐ 가을
- ☐ 겨울
- ☐ _____
- ☐ _____

이유
_____
_____
_____
_____

나는 싫어한다,

- ☑ 스키
- ☐ 아이스하키
- ☐ 농구
- ☐ 번지점프
- ☐ _____
- ☐ _____

이유
_____
_____
_____
_____

나는 싫어한다.

☑ 크리스마스 ☐ 밸런타인데이
☐ 추석 ☐ _____
☐ 설날 ☐ _____

이유
_____
_____
_____
_____

나는 싫어한다.

☑ 인터넷 쇼핑 ☐ 백화점 쇼핑
☐ 최저가 할인 ☐ _____
☐ 명품 하울 ☐ _____

이유
_____
_____
_____
_____

나는 싫어한다.

☑ 락 ☐ 팝송
☐ 힙합 ☐ 클래식
☐ 트로트 ☐ _____

이유
_____
_____
_____
_____

나는 싫어한다.

- ☑ 온라인 강의
- ☐ 조별과제
- ☐ 급습 퀴즈
- ☐ _____
- ☐ PPT 발표
- ☐ _____

이유
_____

_____

_____

_____

나는 싫어한다.

- ☑ 야근
- ☐ 회식
- ☐ 회의
- ☐ _____
- ☐ 업무 전화
- ☐ _____

이유
_____

_____

_____

나는 싫어한다.

- ☑ 청소기 돌리기
- ☐ 다림질
- ☐ 설거지
- ☐ _____
- ☐ 창문 닦기
- ☐ _____

이유
_____

_____

_____

_____

나는 싫어한다.

☑ 마스크 안 낀 사람   ☐ 이웃 사람들
☐ 길담배   ☐ _____
☐ 지역사회 모임   ☐ _____

이유 _____
_____
_____
_____

나는 싫어한다.

☐ _____   ☐ _____
☐ _____   ☐ _____
☐ _____   ☐ _____

이유 _____
_____
_____

내가 싫어하는 것들

자기소개를 할 때 우리는 왜 늘 좋아하는 것만 이야기할까? 어쩌면 싫어하는 것들을 통해
나 자신을 알 수 있을지도 모른다!

오늘의 짜증은
오늘 풀고 가길!

옮긴이 | 이지혜

인하대학교에서 영어영문학과 한국어문학을 공부했으며 미국 트로이 대학교에서
영문학을 공부했다. 현재 출판번역가이자 기획편집자로 활동하고 있다.
『사진신부 진이』, 『괜찮다고 말하면 달라지는 것들』, 『헬리콥터 하이스트』,
『죽는 대신 할 수 있는 일 99가지』 등을 우리말로 옮겼다.

오늘의 짜증은 오늘 풀어요

최악의 하루를 보낸 당신을 위한 분노 기록장

지은이 | 로타 소니넨
일러스트 | 강 한
옮긴이 | 이지혜
펴낸이 | 이동수

1판1쇄 펴낸 날 | 2020년 11월 03일

책임 편집 | 이지혜
디자인 | All design group
펴낸 곳 | 생각의날개

주소 | 서울시 강북구 번동 한천로 109길 83, 102동 1102호
전화 | 070-8624-4760
팩스 | 02-987-4760

출판 등록 | 2009년 4월 3일 제25100-2009-13호

ISBN 979-11-85428-58-1 03840

이 도서의 국립중앙도서관 출판예정도서목록(CIP)은 서지정보유통지원시스템 홈페이지(http://seoji.nl.go.kr)와
국가자료종합목록시스템(http://www.nl.go.kr/kolisnet)에서 이용하실 수 있습니다.
(CIP제어번호 : CIP2020042152)